바람이 스치면

그대가 그립다.

시시詩詩한
이야기

최원호 시집

도서
출판 성연

　고등학교 다닐 때 친구들과 독서 토론 모임을 만들어서 같이 책도 읽고 토론하다. 우연히 백석 시인의 시집을 접하고 무작정 시라는 걸 쓰고 싶었다. '나와 나타샤와 흰 당나귀' 사람들은 누구나 외롭고 쓸쓸함을 지니고 살아간다. 슬픔으로 가득 찬 시간과 겨울날 불어대는 바람을 등지고 살았던 지난날들의 시간은 호젓하였어도 때론 뜨겁게 나를 달궜다. 물질적으로 가난하였으나 사랑했던 기생자야(김영한)의 재산을 탐하지 않았고 시로 승화시킨 백석처럼 시인으로서 완전한 성공을 거두고 싶다.

　오십이 넘으니 주변 사람들과 시절인연時節因緣을 느끼며 살아가는 것이 얼마나 어려운지 이제야 느낀다. 가진 것 나누며 사는 백석 시인 같은 삶을 꿈꿔본다. 백석 시인과 끝내 못 이룬 사랑 기생자야는 전 재산을 법정스님께서 기부를 하는 날 스님은 그녀에게 물었다. 그 많은 재산이 아깝지 않으냐고 그녀는 말했다. "스님 그 사람 시 한 줄 만 못하네요" 이젠 이렇게 인격적으로 존중받는 시인으로 살아가리라~ 마지막으로 희생과 사랑으로 남편의 든든한 후원자가 되어준 아내와 온천교회 다니며 이번 시집을 내는데 여러 가지 도움을 준 진광조 벗에게 고마움을 전하고자 한다.

2022년 1월 22일
겨울이 깊어가는 쓸쓸한 오후에 쓰다

↑ 사진작가 최은주(김해시)

별처럼 박혀버린 씨앗들 사이로

산들바람이 파고든다
흔들리는 꽃잎은 가슴 시린 그리움
오늘도 나는
눈 부신 태양이 되어 너를 기다리네

함께 건너던 돌다리

흘러가는 시냇물처럼
수없이 스쳐 가던 무심한 감정들마저
이젠 차갑게 흐른다

↑ 사진작가 최은주(김해시)

외로움이 밀려드는 오후에

언덕 넘어 우뚝 선 나무를 본다
살다가 사람이 그립다면
한 번쯤
어디엔가 서 있을 저 나무를 생각하자

그래

너는 바다였어
은빛 찬란하며
품속에 떠 있는 작은 배 마냥
한순간도 희망을 잃지 않던 바다였어

사진작가 최은주(김해시) ↓

1부. 쓰러진 화분에도 꽃은 핀다

2부. 구름 사이로 굴러다니는 아침

3부. 눈물 나게 그립다

4부. 바람이 전하는 소식

시집 평설

그의 작품에서는 다 헤진 낡은 부대 자루에서 신기하게도 다시 새로운 가죽 지갑과 장갑 같은 완성품이 쏟아져 나오는 듯한 삶에 대한 역동성이 느껴지며, 늘 짓눌리는 슬픔과 상처의 세월을 세척하는 향긋한 비누 냄새가 풍겨나고 있다. 다 시든 꽃에서 피는 곰팡이도 우담발라로 보일 수 있고, 새장 속에서 반복되는 다람쥐가 굴리는 쳇바퀴도 결코 지칠 수 없는 끈질긴 생명력이라고 할 수 있다. 이제 그의 그리움과 눈물, 한숨과 환희, 창조와 역설의 시 세계 속으로 들어가 본다.

예박시원(문학평론가)**의 시집 평설**
〈긍정의 그리움은 희망의 기대치를 높인다〉 중에서

| 1부 |

쓰러진 화분에도 꽃은 핀다

조명탄

한 치 앞도 보이지 않는
암울한 세상을 향해

서서히
그러나 선명하게,
조명탄 한 발이 올라온다

서릿발 가득한 겨울날
거칠고 모진 바람쯤
잘 견디며 살아왔다

가식과 섬뜩한 이야기로
이빨을 보이며 으르렁거리는 들개들의 울음소리가

척박한 땅으로 흐르던
혼돈의 메아리처럼
처절하게 저항하다가
지금은 사라졌다

바름과 그름이 분명 공존하는 세상사

무릇 영혼의 상처가 붉게 물들어도
모든 걸 끌어안고
한겨울 단단한 나무와 메마른
풀처럼
그저 침묵沈黙하며
저 검푸른 바다를 지켜보리라

바람이 스치면 그대가 그립다

대나무 숲에 서서
마른하늘을 바라본다

물뿌리개로 물을 준 다음
작은 수건으로 살살 닦아내는
유리온실의 꽃도 피는 화초가
아니니
휘몰아치는 바람에 휘어져도
나무들은 꼿꼿했다

가지와 가지가 부딪치는 소리
가느다란 잎이 바람에 떨리는 소리

문득,
나라도 중심을 잡아야 한단 생각에
어깨를 펴고 눈을 감았다 떴다

이름을 알 수 없는
작은 새들이 무리를 지어
어지럽게 흩어지다 나타나길 여러번

바람은
세상의 차가운 소리를 빚어
정갈하고
울림이 깊은 목소리로 노래를
불렀다

바람이 스치니
그대가 몹시 그립다

복수초 福壽草

해 지는 서쪽으로 가면
우리의 슬픈 추억을
오롯이 녹여
노오란 빛을 내는 꽃이 있다
내가 꽃이라면
너처럼 살고 싶다
뒤뚱거리며 살아온 세월
비로소 겨울의 여윈 설음은
뒷산에 묻고
부서지는 햇살 온종일 맞으며
풀무질해 키워낸 복수초
벚꽃이 뚝뚝 떨어지는 날이 오면
비탈진 길가에 서서
잠시라도
너를 바라보고 싶다

만어사 萬魚寺

수백 리 걸어 들어온
꽃향기가 수줍구나
층층이 얼기설기
은빛 비늘 가득한
만어萬魚들이 노니는 계곡을 지나
남쪽에서
불어오는 강바람에
소나무마저 눈물 흘리는 아침
만어사에도 봄이 왔으니
살랑거리는
스님의 염불 소리마저
봄이 왔구나

참는다

눈 부신 햇살,
그럴싸한 봄바람
그리고
호들갑 떠는 봄꽃 향기가
치명적인
봄날의 일상에
내 마음
쑥스럽지 않게
꾹... 참는다

작은 꽃

너는 행복하길 바란다
가끔
바람이 몰고 오는 반가운 소식처럼
짧았지만,
숨 멎을 만큼 강렬한
우리의 추억 다 기억하며
소스라치게
추운 겨울날도
꿋꿋하게 견디어
내년 이맘때
똑같은 땅
이 행복한 곳에서
우리
웃으며 만나자

그대

햇살이
눈부시게 아름다운 날
그대는
향기로운 꽃이더냐
자유로운 나비더냐
꽃이라면
영원히
시들지 않는 꽃으로 피어나고
나비라면
내가
그대를 붙잡지 않으리라

행복

봄바람이
장미꽃을 붙잡고 애원하듯
그리 살아요

봄비

흐릿하게
젖어가는 그대의 눈물이
바람에 나풀거리는 봄비가 된다면
난 그냥
그대의 눈물을 가슴에 담으리

잠이 안 오는 밤

둥근 달이
어김없이 뜬 밤이면
내 가슴속은
詩가 별처럼 비처럼 쏟아진다
밤새도록
그대를 만나고 헤어지는 밤
그래도
별이 빛나는 밤.

눈

눈에서 흐르는 게 눈물이라면
가슴에 흐르는 게 그리움이다
눈가에 연분홍 꽃이 핀다면
가슴에는 노오란 나비가 춤을 춘다
눈을 감으면 그대가 생각나고
눈을 뜨면 그대가 그립다
눈을 감을 수도, 뜰 수도 없는 지금
가슴속엔 온통 그대 생각뿐

차고 넘쳐라

길가 화단에 핀
꽃들이 눈부시다면
그대는 시인이고
하늘에 뜬
별들이 눈에 들어온다면
그대도 시인이다
한적한 해변에
홀로 파도와 함께한다면
그 역시 시인이다
울컥거리는 늦은 오후에
슬픔이 가득한 바람도
그리워하자
이 세상 모든 시인이여,
가녀린 소녀가
수줍은 소년을 바라보듯이
늙은 어머니가
나이든 자식을
바라보듯이 살아가자

봄날

낙동강 어귀에 벚꽃이 피었다
많은 사람이
보슬 바람 되어 흩어지고
그곳이
꽃진 자리가 되어 흙 내음 가득하다
짧아서 더 눈부신
오늘,
그녀 얼굴 닮은
연분홍 꽃잎이 바람에 흔들린다

쓰러진 화분에도 꽃은 핀다

반듯하게 서서
모든 걸 견디며 살아온 시간이
쓰러져
흙 속에 반쯤 묻힌 지금,
오늘 하루만큼 아름다울 수 있을까
쓰러진 화분에도 꽃은 핀다

꽃

사랑하는 사람아,
그대가 꽃이다
비바람이 몰아치는
순간에도
긴 수풀 사이에 핀 꽃은
따뜻한 입김을 내뿜듯
찬바람에 머리 숙이고
봄바람에 머리 들어 웃는 그대,
그대가
밤마다 달빛에 빛나던
그 꽃이다

삼월은

낙동강 어귀에 벚꽃이 피는
삼월은
많은 사람이
바람이 되어 흐른다
어느샌가
꽃 진 자리에 흙 내음이 가득하면
짧아서 더 눈부신 봄날
삼월은
그녀의 웃는 얼굴처럼 곱다.

커피 한잔

시원한 커피 한잔에
쓰디쓴 삶이
서서히 녹는다면
뜨거운 커피 한잔에
장작불 같은
사랑이 녹아 있다면
살아가는 것도
한잔의 커피 같은 것.

가로등

어둡고
앞이 잘 보이지 않는 골목길을 걷다
문득
나는 생각해
누군가를 지켜주는 가로등이 되어서
칠흑 같고 답답한 삶 속에
한 줄기 빛이 되어주리라고

| 2부 |

구름 사이로 굴러다니는 아침

기다림

기다려본 사람은 안다
작고 낡은 어선魚船이
수평선 넘어 그물을 던져놓고
그 위로
펄쩍 뛰는 물고기 떼를 기다리는
어부의 심정도 그러하다
길을 걷다
건너편 신호등 눈알이
붉게 충혈되어
깜박이는 짧은 시간 역시 기다려야 하고
술잔을 기울이다
마주 앉은 그녀의 눈물에 난감해도
한 시간쯤은 말없이 기다려야 한다
밤새 내린 눈이
녹아서
들판에 풀꽃이 만발할 그때까지
우리는 기나긴 겨울 또한
하염없이 기다려야 한다
기도를 하는 부모의 마음
만선을 꿈꾸는 어부의 마음
씨앗을 뿌리고 열매를 바라는 농부의 마음
모두가
기다림으로 시작된다

폭포

폭포는
산과 바다를 깨운다
산에서
머나먼 바다로 가는 새벽,
거대한 폭포처럼
누군가의 가슴을
흠뻑 적셔주는 삶이 그립다
산속에
그림자 하나 감추고
다친 마음 씻어주는
푸른빛 물줄기가
너무나 그립다

수선화

자꾸만
눈이 가는 꽃이 있다
버거운 삶을 살아온
나에게
새들이
일어나기 전에 피어나
외롭게 사라지는
물안개 같은 모습으로
꽃향기 어우러진 길가
앉아서
나에게 말을 건넨다
그리움에
울고 있는
나를 닮은 노란 꽃 수선화야,
다시 태어나도
그 모습으로 울어다오

날개

하루에 수천 번
널 향해
접었다 펴며
나는 생각해
언제나
네 마음속을 날고 있다고

찔레꽃

한동안 보지 못했던 게
너의 잘못은 아닐 것,
한철 피었다
지는 꽃들은 들판에 지천인데
향기롭게 살지 못하고
사라진들 후회는 없다
바람이 불어
꽃잎이 흔들려도
그저 웃고 있는 너라면 좋고
깊게 배인 사랑이
흔적을 남긴다고 하여도
함께 피는 꽃들이 있어 눈부시다.

파도

밀려오는
고마운 나의 사랑아~
소리 없이 사라지다가
또다시 일어서는
빛나는
파도가 되어라

유월에

유월엔
눈부시게 살아가자
바람에 흔들리고
햇살에
부딪쳐도
한뼘 한뼘 모내기하듯,
반듯하게 살아가자
가슴에
별 자국 남기고
눈물 자국은 지우고
한 손에
아름다운 꽃 한 송이
움켜쥐고
그렇게 살아가자

흰 구름

햇살이
구름 위로 굴러다니는 아침
우연히 마주한 하늘에
희망이 반짝인다
전날에 몰아치던
비바람도
흐릿한 먹구름도
어느덧 사라지고
흰 구름
푸른빛 하늘 창에 걸치면
내 마음,
하늘빛 가득 물들어 간다

늦은 밤, 샛강을 거닐다

검은 하늘에 떠 있는
둥근달은
백열전구처럼 빛나네
밤새 잠 못 이뤄 뒤척이다
무작정 찾은 샛강은
바람도,
낮에 놀던 새들도 잠이 들어 고요한데
허리춤에 매달린
달빛은 눈부시구나
강물에 띄운
그리움은
다시는 돌아오지 못할 곳으로 떠났다
돌아서면
남이 된다는데
흔들리는 물결처럼
그대 향한
연민마저 흔들리는구나

흰나비 바늘꽃

멀리서 바라보면
흰 나비가 되어
춤을 추고
허리 숙여 다가서면
저 꽃은
나를 바라보네
이른 아침부터
불어오는 바닷바람이
손등을 타고 흐르는데
꽃잎에 매달린 게
눈물인지 빗물인지
도무지 알 수가 없네
내 나이 오십이 넘으니
대쪽같이 살아온
긴 세월이 허무하구나
이제라도
흰나비 바늘꽃
너처럼
이리저리 흔들리며 살아가리라

구름

새파란 도화지에
흰 물감 풀어
길고 짧은 바람 붓으로
그려진 구름
이왕이면
우리네 삶도,
비바람 머금은 먹구름보다
눈부신 햇살 가득한
뭉게구름 되었으면 해.

눈물 2

애써 참았던 눈물이
한 방울 또 한 방울 떨어진다
고개 숙인 그 사람,
아픔도 고통도 그렇게
한 방울 또 한 방울 얼룩진다

연모지정 戀慕之情

그 사람을 기억하려
매일같이 편지를 썼다
황금 들녘 비추는
드넓은 햇살과 붉은 사과마냥 고마웠던
그 사람.
이름 석 자엔 아리따운 사랑이 스며있다
잊히지 못한 사랑이
검푸른 파도처럼 출렁이는 이른 새벽
헛바닥 내밀던 연민은
큰 가시가 비스듬히 박혀 버렸다
그렇게
그 사람은 가을날 저무는 석양처럼
아스라이 멀어지고
고요히 흐르는 저 바람과
무심하게 반짝이는 저 별은
어김없이 어둡고 긴 늪으로 사라졌다.

버스

걷기가 싫어 무작정 버스를 탔다
어디로 가든 상관없다
먼 길을 덜컹거리며
가로수 길에 온전히 몸을 눕혀보고 싶었다
허공을 나는 새,
그리고
물속을 건너는 낡은 돛단배가
잔잔한 바람을 맞으며 가듯
버스는 쉼 없다
낡고 오래된 구두가 낄낄거린다
나무뿌리들처럼 얽히고설킨
세상은
누구를 기다리는 걸까
한참을 달리던 버스가
파도치는 바닷가를 가로질러
두려움 없이 붕붕거리며 달린다.

술 시詩

우리가
살면 얼마나 살까나
사랑하는 임은 그립고,
정다운 벗은 만나 반갑구나
늙은 엄마 보고파서
들이킨 소주잔엔
눈물이 반, 그리움이 반~

오르막길

누구나 선명하게 떠오르는
그리움은 있겠지만
나는
가끔 오르막길을 걷다 보면
문득 어머니가 그립다
건성으로
오르막길을 오르다
힘들어 지칠 때쯤,
가끔 짧은 바람이 불어
허리춤을 밀어줄 때쯤,
나는
어머니가 몹시 그리웠다
하루에
반나절쯤은 나를 위해 살았다면
그 나머지는 당신을 위해 살고 싶었다
오르막길
숨이 차서 거칠어진 호흡은
어릴 적
내 작은 손을 잡으며
함께 오르던 어머니의 숨소리.

일일초

수줍구나
너의 모습
외롭다 느낄 때
저 꽃잎에
그립다 적어다오
여름엔
기별조차 없다가
가을 하늘 벗 삼아
돌아온 너에게
향기로운
추억 두고 가라 하네

짧게

사는 게 힘들다 느끼니
눈물이 고인다
힘들고 지친다 느끼니
한숨도 고인다
가랑잎처럼 흘러간 세월이니
저 바람도 무심타
어제와 다른 오늘은
짧게나마 고개를 끄덕였다.

너의 이름 석 자

길가 간판에 걸린
너의 이름 석 자
지난 봄날
먼 길을 홀로 걸으며
이제는 잊었다고 생각했는데
네가 아닌
그냥 이름만 같다는 이유로
가슴이 벼랑 끝으로 떨어진다.

눈물

눈물이 소금보다 짜다고
누군가 그런다
밤새 흘린
누군가의 눈물들이
모이고 모여
바닷물도 그리 짜나 보다

| 3부 |

눈물 나게 그립다

일기

매일 밤 똑같이 쓴다
눌러쓴 글자 사이로
장미꽃이 피고 사람들은 흩어진다
모두가 잠든 이 밤에
스쳐 가는 게
어디 바람뿐일까.

눈물

나는 참는다.
그런데 대책 없는 게 눈물이다

시인 백석의 시집을 읽다가 벌어진 일이다

분명한 건, 호흡이 거칠어지고
옥상 빨랫줄에 걸린 빨래들이 흔들리듯
내 동공이 젖어있다는 것이다
처음에는 무작정 말려보려 했지만
속마음은 겸연쩍게 웃고 있다

나는 참는다
이때가 가장 아프고 쓸쓸하다

어제처럼 별빛이 빛나는 밤에도
한잔 술에 취한 가로등을 바라보는 날에도
떠난 사람 문득 생각나는 오늘 저녁 방에도
주책없이 흐르는 게 눈물이다

마음

시간이 흐를수록
두꺼워지는 나의 마음
그냥
좋아서
마냥 감사한 당신의 마음
이른 봄날
고마운 햇살에
겨우내
꽁꽁 언 눈이 녹듯이
녹아내리는
우리의 마음.

버팀목

혼자다
외롭다 생각 말아라
걱정해주고
힘이 되어주는 우리 있으니
비바람에
쓰러질까 두려워 마라
죽는 그 날까지
널 움켜쥐고 함께할 우리 있으니
낡고
약하다
고민하지 말라
널 위해
단단하게 견디며 살아갈 거니

산머루

비가 내리는 신어산에
그녀가 산다
어느 해 초가을,
한없이 햇살 곱던 그녀를 만나기 위해
깔딱 고개를 넘어서자
모든 것은 산속에 있었다
빗물은 연초록 나뭇잎 사이로
푸드득 거리다
흐린 하늘에 걸려있다
한 번도 만나지 못했던
그녀를
오늘은 만나야 한다
새까만 눈동자에 빗물이 고였으리라
누군가와 맺은 인연이
까끌거린다면
산속에 사는 그녀를 보러 간다

혼자서 걷는 것

단단하지 못하여
때로는
바보 같은 나에게 묻는다
벌거벗은 파란 하늘을 보며
젓가락처럼
곧게 살아가리라 다짐했던가
젖은 몸으로
강가에 서 있는 느티나무가
지나던 구름을 불러 세우는 오늘
흔적도 없이 사라진
젊은 날의 나는
향기로운 나날이 아닐지도 모른다
혼자서 걷는 것,
그러나
혼자가 아니라는 이유가
너무나 향기롭다

별

그녀가
날 보며 웃었다
킹콩처럼 날뛰는
내 심장을 진정시키려
쳐다본 밤하늘
그곳에
그녀 얼굴이
별처럼 반짝인다

시詩

비탈길 오르다
낙엽처럼 뒹구는
시詩를 줍는다
매일 아침
마당을 쓸고 채소밭을 일구던
어머니처럼,
꼬박꼬박 빠짐없이
시를 줍는다

담쟁이

미안해
네가 오랜 시간 걸었던 이유와 삶을
지금도 난
이해하거나 사랑해주지 못해서

그 사람

그를 기억하려 매일같이 편지를 썼다
황금 들녘 비추는 드넓은 햇살과
붉은 사과처럼 고마웠던 사람
그러나
가녀린 등과 유독 가늘고 고운 손을
지닌 그 사람
잊히지 못한 사랑이
부딪치는 파도가 되어
커다란 바위에 수없이 쓰러질 때
헛바닥 내밀던 연민은 가라앉아 버렸다
그렇게
그 사람은 가을날 저무는 석양처럼
아스라이 사라지고
고요히 흐르는 저 바람과
무심하게 반짝이는 별은
긴 늪에서 어김없이 허덕인다.

이별

눈물이
밤하늘에 소금처럼 반짝일 때
준비한 이별을
호주머니에서 꺼내 만지작거린다
꽃잎이 지면
슬퍼서 안 되고
낙엽이 지면
쓸쓸해 보낼 수 없으니
하늘이
시퍼렇게 일렁이는 날
그 날에
우리 이별하자

벼랑 끝

무성한 큰 숲을 지나
좁고 굽은 그 길은 멀고 험했다
돌아가는 방향을 잃고
허공을 오르내리던
회색빛 갈매기 떼가 벼랑 끝을 향한다
깎아지른 절벽 위로
뿌리를 내리는 나무는 쓰러지지 않는다
그물에 걸린
물고기처럼 살아간다 하여도
설령
비바람에
몸뚱어리조차 가눌 수 없다 하여도
벼랑 끝은
끝이 아니라
다시 시작되는 곳
시작과 끝이 공존하는 땅이다
묵묵히 꽃을 피우고
새는 폭풍을 견디며
알을 품고 살아간다
모두가 절망하는 그 끝이
어쩌면
다시 걸어갈 새로운 시작점이 된다

담쟁이덩굴을 보며

구부러진 일상의 파편들
쏟아지는 거리의 모퉁이
푸른 옷 두르고
충혈된 눈으로 부스럭거릴 뿐
거친 땅에서 마른 벽으로
서로서로 만나
뒤엉키다 다시 갈라서서
기어오르는 담쟁이를 본다
이렇게 처절할 수 있을까
서로서로 부딪치는
내가 사는 세상과 너무 닮아있다
더 높은 곳을 위해
날카로운 발톱을 숨기고
서로 밟으며
살아가는 우리의 모습 같은
담쟁이덩굴
푸른 생선 비늘처럼
비릿할지라도
침묵하는 이유가 여기에 있다
난

가로등

어둡고
앞이 잘 보이지 않는 골목길을 걷다
문득
나는 생각해
누군가를 지켜주는 가로등이 되어서
칠흑 같고 답답한 삶 속에
한 줄기 빛이 되어주리라고

낙동강에 부는 바람

저녁노을처럼
사라지던
삶의 그림자가 강물에 잠겨 있다
바람 소리 새소리는
나지막이 일렁이던 갈대 사이로 사라질 때쯤
오직 한 겹의 꿈만 남기고
모든 걸 걸어야 하는 강태공의 긴 장대가
허공을 가른다
혼자 걷다 바라본 낙동강은
가을이 소리 없이 옆에 서 있고
강물에
잠긴 달빛이 지워지는 순간에도 빛났다.

단풍

슬픔도 괴로움도
발자국처럼 흔적이 남는다
너도 그렇다
단풍처럼 바람에
나풀거리다가
붉은 꽃잎이 되어
마음속 깊이 자국을 남긴다

친구를 기다리며

삼십 분째 오지 않는 친구를 기다리며
선술집 낡은 의자 친구삼아 술을 마신다
사람들이 꽃처럼 피었다가
낙엽처럼 사라지는 시간까지도 친구는 오질 않았다
바위 같았던 나의 오랜 친구
그런 친구가
어제 밤늦게 전화를 했다
사는 게 너무 힘들다며 혀가 꼬부라진 소리에
나는 밤새 잠을 설쳐야 했다
친구가 꿈꾸며 바라보던 세상이
내가 지금 바라보는 세상과 조금 다른가 보다
바람이 가로수를 흔들어 놓는다
그래,
잠깐 옷깃을 스치는 바람마냥
삶의 고단함도 우리 곁을
잠시 스치고 지나간다면 얼마나 좋을까
습관처럼 술잔을 비우듯
친구의 근심걱정 내가 다 마시고
오늘은 취해보리

보름달

부족해도 나누고 살아야
사람이 아니냐 하던 할머니,
귀뚜라미가
소달구지 뒤뚱거리는 소리에 놀라
쉼 없이 울어대던 늦은 밤
걱정 많고 사는 게 힘든 그 시절에도
넉넉한 보름달은 떠올랐고
앞마당에 널어놓았던
고추를 담다가
감나무에 걸린 보름달에
긴 한숨 내쉬던 할머니의 모습이
아직도 생생한데
내 나이 쉰이 넘어서니
그 시절이 그립다가도
모든 걸 끌어안고 살아가셨던
당신의 삶이 그립네요
철부지가
철든 쉰이 되어 바라보는
보름달은
온 세상 밝혀주는 밝은 달이네요.

은행잎에게

분명 넌 혼자가 아니야
가진 모든 걸 버리고
다시 돌아올 수 없는 곳으로 간들
슬퍼한다거나
괴롭다 생각하지 마
서릿발이 어슴푸레 깔린 검은 땅은
널 기억하고 울어 줄 거니까.

중년의 남자

봄, 여름이 바닷물에 잠기고
쓸쓸한 가을이 수면 위에 떠올랐다
외롭거나 때로는 위로가 필요할 때
비로소 나는, 나를 본다
현실은
밀물이 밀려오듯
어쭙잖은 감성과 사투를 벌인다
중년의 남자가
늘 외롭거나 고독한 이유가 여기에 있다
흡사
오래된 나루터에 의지해서
삶을 하루하루 연명하는
저 작고 낡은 배처럼 말이다.

아버지의 눈물

철없던 어린 시절,
동생과 나는
당신을 참 미워했었다
이층집과 단층집이 시장 난장처럼
다닥다닥 즐비한 곳, 그곳 중간쯤
제법 큰 은행나무가 서 있었다
바쁘게 살아가는 사람에겐
별 볼일 없는 그냥 그런 은행나무 한 그루
술을 마시고 들어온 날이면
당신은 늘 울부짖었다
동생과 나는 도망치듯
은행나무 뒤에 앉아 울었고
나무는 한 번도 흔들리지 않았지만
흐릿하게 보이던 하늘은 흔들리고 있었다
한동안 소식이 없던 아버지는
노란 은행잎이 눈처럼 날리던 날 돌아왔다
그것이 마지막 모습이었다
달과 별이 기다리는 곳으로
당신은 몸을 던졌다
아직도 가끔, 그런
당신이 그리울 때가 있다

꼬부라진 세월 속에
휘어지고 꺾여버린 당신의 눈물
지금도 난 생생하다.

종이학

하루에 수십 번
접혔다 펴지는 내 마음
결국 누군가를 사랑하는 것은
눈물인 것을
당신을 기다리다
추운 겨울날 마른 나뭇가지가 되고
붉게 타버린 낙엽이 되어도
주춤거리는 그리움을 반으로 접고
긴 외로움을 반으로 접힌
당신의 종이학.

낙엽처럼

낙엽처럼
모든 걸 버리고 싶었다
낙엽처럼
가장 아름다울 때 거침없이 쏟아내다
낙엽처럼
쓰러지는 외로운 나비가 되고
낙엽처럼
모든 걸 끌어안고 나부끼다
낙엽처럼
당신 가슴에 천천히 스며들고 싶었다.

| 4부 |

바람이 전하는 소식

등대

어두운 밤에만
너를 지켜줄 거라 생각하지 마
비가 오는 날에도
햇볕 뜨거운 낮에도
늘 거기에 서서 널 지켜 줄 꺼니까

떠나는 마음

멀리 나오니
사람이 그립습니다
하루 전날
몰아치던 비바람은
가랑비 훈풍이 되었고
한겨울처럼
얼어있던 내 마음도
눈이 녹듯,
바람에 먼지가 사라지듯,
어느새
녹아서 바다로 흐르고 있네요
조금은 수줍게
마중 나온 봄비에게
안부를 전하고
웃으며 떠납니다

노루귀 꽃

바람에 흔들리는
너에게
안부를 묻는다
이른 새벽
바스락거리는
어린 노루의 발걸음 소리
얼어있던 개울가에
물 흐르는 소리,
그렇게 한겨울
추위 견디며 살아가는 게
어디 사람뿐일까
햇살이 스치듯
사람과 사람이 스치듯
너와의 인연도
문득 바라본 밤하늘 별처럼
알게 모르게 스치니
소슬바람이
잠시 다녀간
마른 땅 음지에서
삭풍도 참아낸 너처럼
높은 곳 아닐지라도
잘 견디며
보석 같은 꽃으로
살아가리

바람이 전하는 소식

겨우내 불던
차갑고 거친 바람은
어머니의 한숨 소리,
얼음이 얼고
돌덩이처럼 단단한 땅에도
들꽃은
바람을 타고 피어나니
한 번쯤
보고픈 사람은
그리워하고
한 번쯤
미워했던 사람은
지워버리자
강둑 언저리
습지에서 태어나
하늘과 땅을 자유롭게 나는
저 새들은 알고 있다
혹독하게 휘몰아치던
겨울날의
두툼한 햇살 보듬고
견디고 살아온 사람들은 느낀다
들꽃과 바람이 전하는 봄의 소식을

울어야 산다

건너편 탁자
그곳에
흰 머리 남자가 구부정하게 앉아 있다
식어버린 국밥을 이리저리
뒤적이는 소리
짤그락,
나는 보았다
형광등 불빛 속에서 빛나는
그 남자의 눈물을
분명 그 남자는
살아야 한다고
소리 없이 울부짖고 있었다
그래
울어야 산다

묵은지

어느 詩人이 그랬다
詩가 뭐냐꼬~
긴 세월 모진 풍파
다 견디며 살아온 우리가 바로 詩다
세련되고 고급스러움과 거리가 멀어도
공자님 맹자님 몰라도
짐승과 사람 구분하고,
봄 햇살, 봄비 가득 머금어
태양의 심장을 도려낸 거름으로 자라서
초가을 칼바람도 견뎌낸
알배기 배추를
묵혀내고 지그시 눌러 만든 묵은지
정이 그리운 사람들은 안다
따뜻한 밥에
쭉 찢은 묵은지 하나 걸쳐 먹으면
그게 행복이란 걸…
묵은지는
그래서 詩다
詩가 묵은지다.

비둘기 똥

사람들이 지배하는 땅
그 땅에
가득한 비둘기 똥
금목걸이 똥보 아지매가
하늘을 보며
욕 한 바가지, 물 한 바가지를 뿌린다
지나가던 비둘기
또 한 번 똥을 갈긴다

깍두기

큰 무우를
조각조각 잘라서
갖은 양념에 잘 익힌 깍두기
우리 삶도,
깍두기처럼
이놈 저놈 잘 어우러져서
맛있게 익으면 좋겠다

눈 [眼]

도무지 알 수가 없어서
그런다
스치듯이 본 그녀의 눈,
별처럼 빛나는 그 눈빛 때문에
내 눈은
온통 새하얗게 눈이 내린다

결국엔

결국,
우리는 하나가 된다
물결이 치듯
생각이 많아지고
감정이 물 흐르듯 파동이 쳐도
나이테의 선線처럼
아무리 멀어져도 다시 만나는 우리
바라보는 곳이 같으면
결국
생각도 하나가 되듯이

심장

가방끈이 길다고
아는 게 많다고
책을 많이 읽고 본다고 시인이 되는 건 아니다
심장이
용광로처럼 뜨거워야 시인이다

작은 꽃

너는 행복하길 바란다
가끔
바람이 몰고 오는 반가운 소식처럼
짧았지만,
숨 멎을 만큼 강렬한
우리의 추억 다 기억하며
소스라치게
추운 겨울날도
꿋꿋하게 견디어
내년 이맘때
똑같은 땅
이 행복한 곳에서
우리
웃으며 만나자

섬[島]

칼날 같은 해풍海風
그에 맞서는 크고 작은 돌담
거친 세월에 등짝이 갈라져도
뿌리가 깊어 의연하게 흔들리는
수많은 소나무들
사람은
저 섬처럼 살아야 한다

바람과 눈 그리고 겨울

바람은 부드러우나 계절의 끝은 차갑다.
누군가 지나간 흔적이
눈이 내려 지워지면, 그 위로 다시 걷는다
싸늘한 겨울은
견디고 부딪히며 서로 끌어안고
살아야 한다.

겨울날, 누군가는 봄을 기다린다

발끝에서 바스러지던 바람이
해가 지고 빛이 사라지니
숲으로 사라졌다
수평선을 가늠할 수 없던
겨울 바다 역시
어둠 속에서 경계선을
어김없이 허물었고
바람과 나무가 서 있는
마른 언덕엔
별과 나비가 넘나들었다
동백꽃이
붉게 피어난 언덕 위
작은 숲에서
나무들과 사람들이 서로
뒤엉켜 바람에 흔들린다
혹독한 이 겨울
견디고 버티면
봄은
산들바람 타고
웃으며 우릴 찾아올까.

첫눈

바람 불고 어두웠던 밤이 지나고
마른 나뭇가지가
추워 울부짖는 낮이 왔다
사랑을 찾는 그리운 사람에게도
사랑에 울고 있는 외로운 사람에게도
솜털같이 따뜻한
첫눈이 오길 바란다

마음

함께해서 좋다고 하고,
눈물 나게
그립다고 한들
젖어버린
내 마음을 통째로
말리지 못하니
어찌할꼬

경계선

발끝에서 바스러지던 바람은
해가 지고 빛이 사라져
더 요란해지고
수평선을 가늠할 수 없는
겨울 바다는
어둠 속에서 경계선을 허문다
바람과 나무가 서 있는 곳으로
별과 나비가 넘나들고
사람과 파도가
서로 부둥켜안고 살아간다
추운 겨울날,
붉은 동백꽃이 피었다

끈

가방끈이 짧은 나에게
詩는 유일한 끈이다
사람과 사람을 이어주는 끈
바다와 나를 맺어주고
꽃과 나비를 이어주고
달과 별을
가슴에 달아주는 반짝이는 끈
그래서,
詩는 나에게
유일한 희망의 끈이다.

필요한 시간

꽃처럼 살아가는데
넓은 꽃밭이 필요한 건 아니다
그저
한 송이 꽃이면 충분하다
우리들 마음 역시
붉은 노을처럼
아름답게 물들이는데
많은 시간 필요치 않다
천천히 물들어 가는 그 짧은 시간,
눈이 붉어지고
가슴이 따뜻해져서
말도 많고 눈물 많았던 시절에
느끼지 못했던 감정을
추스르는 시간이면 충분하다
오늘
지는 저녁노을이
붉은 장미보다 더 빛날 때
함께할 시간이면 충분하다

달

"야야~ 부족해도 나누고 살아야 한데이"
말을 달고 사시던 할머니가 그립다

귀뚜라미가
소달구지 뒤뚱거리는 소리에 놀라
쉼 없이 울어대던 늦은 밤에도

걱정 많고 보잘것없던 그 시절에도
넉넉한 보름달은 떠올랐었고

앞마당에 널어놓았던
건 고추를 늦게나마 주워 담을 때도
감나무에 걸린 초승달은 웃어 주었다

긴 한숨 내쉬며
꼬부라진 허리 부여잡고 일하던 할머니

내 나이 쉰이 넘어서니
모든 걸 끌어안고 순종하며 살다 가신
당신의 삶이 얼마나 대단한지 이제야
알 것 같은데

당신을 너무 닮아서
곱디고운 저 달은
그때나 지금이나 홀로 떠 있다

긍정의 그리움은
희망의 기대치를 높인다

예박시원 (문학평론가)

긍정의 그리움은
희망의 기대치를 높인다

문학평론가 | 예박시원

[들어가며]

사르트르는 오랫동안 방대한 양의 글을 써 오면서도 늘 새로운 자세로 신인이라는 마음을 가지고 있었고 끊임없는 창작 욕구로 시인, 수필가, 소설가와 같은 작가의 길을 걸어오고 있었다. 안중근 선생은 '하루도 책을 읽지 않으면 입안에 가시가 돋는다'라고 했다. 사르트르도 매일 운동을 필요로 하는 근육처럼 '한 줄의 글 없이는 하루가 없다no day without a line'고 했다.

문학을 하는 문인이든 그렇지 않든 모든 사람들이 책 읽기를 좋아하고 한 줄의 글쓰기라도 생활화가 된다면 세상 모든 사람들이 시인이고 수필가, 소설가라고 할 수 있다. 그런 의미에서 최원호 시인의 시집《바람이 스치면 그대가 그립다》의 주옥같은 시편을 살펴보면, 오랜 창작 기간을 통해 단순하지만, 결코 단순하지 않으며, 고통과 아픔의 시간 속에서도 결코 삶에 대한 긍정과 추동성을 포기하지 않은 진실성이 있음을 알 수 있다

와 닿는 느낌도 지나간 시간들 속에서 많은 아픔과 그리움, 기다림의 애태움도 결국 저녁노을이 붉은 장미보다 더 빛나게 느껴지는 것처럼 마음이 치유되고 있음을

알게 된다. 알고 보면 그 모든 과정들이 잘 짜인 각본처럼 이미 정해져 있었음에 새삼 놀라움을 느낄 때도 있다. 그는 이미 오랜 기억을 통해 잃어버린 자기自己를 찾고 '마음 챙김'으로 스스로를 제어해오고 있었던 것이다.

'마음은 부서지기 쉬운 물건이다The mind is a brittle object'는 말이 있지만, 최원호 시인은 세월 속에서 다친 마음을 잘 추스르고 은유로서의 확장된 자아를 찾아간 것 같다. 그에겐 오욕의 세월도 바람 속 찰나의 시간이었을 뿐이다. 언제부턴가 현대사회가 심각한 비관론을 앓게 됐지만, 인간은 본질적으로 강한 일인칭 시점을 가진 인격체로서 충분한 방어기제가 작용될 수 있다.

세상은 고요한 곡선과 부드러운 직선의 조화가 이루어져야 평화로울 수가 있고, 역동적인 에너지와 창조의 힘이 발현될수록 적절히 수위조절 해야만 파괴되지 않을 수 있다. 세상은 단색일 수 없고 형형색색의 이미지가 어우러져야 지구촌과 먼 우주의 공간을 그려낼 수 있기 때문이다.

현대미술 하면 떠오르는 한 장르 중에 추상화abstract painting가 있는데 미술에서는 비평가들이 나름대로 좋은 평가를 해주는 편이다. 하지만 문학에서는 '지나치게 관념적이고 추상적이다'라는 평을 들을 수 있으므로 적절하게 현실의 시각에서 균형을 맞춰줄 필요가 있다. 그런 관점에서 보면 최원호 시인은 현실에 두 발을 딛고 흔들리지 않는 평형감각을 잘 유지하고 있음을 알 수 있다.

그럼에도 불구하고 모든 문화예술 장르에서는 자유로움을 표현해내야 한다. 저마다 독창적인 아름다움이 있어야 하기 때문이다. 보이지 않는 이면의 사각지대까지도 시적詩的 언어로 표현해내고 시공간을 넘나드는 묘한 매력으로 창조해내고 있는 최원호 시인은 아주 독특하고 개성 있는 시인이라고 할 수 있다.

작품은 세계를 그려내는 그 작가의 이미저리imagery이며, 현실에서의 이미지도 중요하지만 보이지 않는 것의 가시화도 적절히 융합돼야만 조화로움을 표현해낼 수 있다. 작가는 일차원이 아닌 시각시visual poetry 같은 다차원의 이미지를 중첩하여 독특한 이미지를 해내야 하기 때문이다.

그의 작품에서는 다 헤진 낡은 부대 자루에서 신기하게도 다시 새로운 가죽 지갑과 장갑 같은 완성품이 쏟아져 나오는 듯한 삶에 대한 역동성이 느껴지며, 늘 짓눌리는 슬픔과 상처의 세월을 세척하는 향긋한 비누 냄새가 풍겨나고 있다. 다 시든 꽃에서 피는 곰팡이도 우담발라로 보일 수 있고, 새장 속에서 반복되는 다람쥐가 굴리는 쳇바퀴도 결코 지칠 수 없는 끈질긴 생명력이라고 할 수 있다. 이제 그의 그리움과 눈물, 한숨과 환희, 창조와 역설의 시 세계 속으로 들어가 본다.

"

한 치 앞도 보이지 않는
암울한 세상을 향해

서서히
그러나 선명하게, 조명탄 한 발이 올라온다

서릿발 가득한 겨울날
거칠고 모진 바람쯤
잘 견디며 살아왔다

가식과 섬뜩한 이야기로
이빨을 보이며 으르렁거리는 들개들의 울음소리가

척박한 땅으로 흐르던
혼돈의 메아리처럼
처절하게 저항하다가
지금은 사라졌다

바름과 그름이 분명 공존하는 세상사

무릇 영혼의 상처가 붉게 물들어도
모든 걸 끌어안고
한겨울 단단한 나무와 메마른
풀처럼
그저 침묵沈默하며
저 검푸른 바다를 지켜보리라

— 〈조명탄〉 전문

세상을 비추는 빛이 제아무리 밝아도 삶의 목표나 목적이
없이 무작정 막막하게 살아간다면 주변이 온통 흙빛이거나

뿌연 잿빛일 수가 있다. 반면에 삶이 거칠거나 팍팍할지라도 불굴의 의지나 자신의 철학과 신념, 목적의식이 뚜렷한 사람들은 그 눈빛이 빛나고 가슴이 뛰게 돼 있다.

조명탄照明彈은 칠흑 같은 어둠을 뚫고 목적을 위해 섬광을 비춰주는 역할을 한다. 그래서 예광탄曳光彈이라고도 부르며 그 섬광은 약 60초간 빛을 내다가 명멸明滅한다. 군사적 또는 산업용 예광탄은 그렇지만 사람들의 삶의 조명탄은 그 경우가 다를 수 있다.

1연의 '한 치 앞도 보이지 않는 / 암울한 세상을 향해 쏘아 올린 조명탄 한 발'은 희망의 예고탄이며 신호탄일 수 있다. 조난자들이 구조신호를 보낼 때도 '나 여기 있다'라고 알려주는 도구로써 사용되기도 하지만 '너를 구출해주러 왔다'라는 알림의 역할을 해주기도 한다.

최원호 시인은 거친 세상을 헤치며 파도 같은 바람을 온몸으로 맞기도 하고 피하기도 하면서 결코 두려워하지 않고 시련을 극복하면서 지금까지 잘 견뎌온 시간 속의 기억이 생생하다. 그 과정에서 왜 좌절이나 쓰라린 패배의 상처가 없었으랴 지긋지긋한 생존의 전투현장에서도 순간의 시련이나 고통을 이기면 곧 밝은 날이 오겠지 하는 불굴의 의지로 버텨냈으니 지금 현재 시간도 존재하는 것이다.

3연의 '가식과 섬뜩한 이야기로 / 이빨을 보이며 으르렁거리는 들개들의 울음소리'는 거친 세상의 바람과 파도만이 아닌 현실 세계에서 인간 군상들의 처절하고 비열한 이전투구泥田鬪狗를 빗대어 말하고 있는 것이다.

6연의 '바름과 그름이 분명 공존하는 세상사'라고 했지만 그건 어디까지나 화자의 신념과 세계관이었을 뿐 현실에서는 지옥 같은 아귀餓鬼 다툼과 선善과 악惡이 뒤죽박죽 혼란스러운 아노미anomie 현상과 함께 피아식별彼我識別이 어려워 누구든 공격대상이 될 때도 있다.

혼란스러울 땐 잠시 달리는 자동차를 세우고 시동을 꺼 줄 필요가 있다. 브레이크 없는 전차처럼 무지막지하게 돌진만 할 게 아니라 잠시 휴식을 취하며 '마음 챙김'으로 자아自我를 돌봐줘야 한다. 헌걸차던 헌헌장부軒軒丈夫도 너무 헛된 곳에 에너지를 낭비하며 돌진하다 보면 어느새 지쳐 시르죽은 모습으로 풀이 죽을 때가 있기 때문이다.

화자는 마지막 연에서 모든 생각 정리를 통해 '마음 챙김'을 하고 있다. '그저 침묵沈黙하며 / 저 검푸른 바다를 지켜보리라' 그 검푸른 바다는 바다의 신 포세이돈이 분노하여 모든 것을 집어삼킬지 잠잠한 평화의 바다가 될지는 누구도 모르는 일이다. 여기서 최원호 시인은 잘 못된 판단으로 패착敗着하지 않기 위해 깊은 숨 고르기를 하고 있다. 5연에서처럼 '혼돈의 메아리'는 이미 화자의 의식에서는 사그라들었기 때문이다.

우리가 살면서 불행을 피하면 행복인지, 단순히 원하는 것을 얻으면 행복인지도 한번 생각해 볼 필요가 있다. 최원호 시인은 이미 조명탄을 통해 분명한 화두를 던지며 깊은 침묵으로 의미 있는 메시지를 전달해주고 있다. 아노미는 가라앉고 있으며 '무릇 영혼의 상처가 붉게 물들어도 / 모든 걸 끌어안고' 있음이다. 물이 물을 끌어당기고 안개가 안개를 품어주듯 사람은 사람을 보듬어 줘야 하는 것이다.

"
대나무 숲에 서서
마른하늘을 바라본다

물뿌리개로 물을 준 다음
작은 수건으로 살살 닦아내는
유리온실의 꽃도 피는 화초가
아니니
휘몰아치는 바람에 휘어져도
나무들은 꼿꼿했다

가지와 가지가 부딪치는 소리
가느다란 잎이 바람에 떨리는 소리

문득, 나라도 중심을 잡아야 한단 생각에
어깨를 펴고 눈을 감았다 떴다

이름을 알 수 없는
작은 새들이 무리를 지어
어지럽게 흩어지다 나타나길 여러 번
바람은
세상의 차가운 소리를 빚어
정갈하고
울림이 깊은 목소리로 노래를
불렀다

바람이 스치면

그대가 몹시 그립다

— 〈바람이 스치니 그대가 그립다〉 전문

"

바람결이 거칠면 강 물결도 구겨지고 바닷물도 겹쳐져 서로를 치면서 모두가 쓰러지게 된다. 바람결이 살랑대며 바람을 어루만져주면 자연의 모든 만물들이 생기를 띠며 마음의 여유를 가질 수 있게 된다.

이 작품에서 최원호 시인은 1인칭 '나'의 존재를 통해 바람으로 인한 지독한 그리움의 바다에 빠져 있는 중이다. 특히 일반적인 나뭇잎보다 대나무 숲에서 들리는 그 사각거리는 소리들은 스산하고 소름이 끼칠 정도로 예리한 칼날이 부딪히는 느낌을 준다.

3연에서처럼 '가지와 가지가 부딪치는 소리 / 가느다란 잎이 바람에 떨리는 소리'들은 영화나 드라마에서 보면 대부분 어떤 장면전환이나 사건 사고가 일어날 전조를 예고해주고 있다. 그만큼 여기서 시인은 치 떨리도록 견디기 어려운 외로움과 그리움에 빠져 상념에 젖어있는 상태다.

1연에서 '대나무 숲에 서서 / 마른하늘을 바라본다'라며 시작한 심상心象은 여전히 7연 마무리에서도 '바람이 스치니 / 그대가 몹시 그립다'로 귀결하고 있다. 여기서 화자가 맞은바람은 가얏고 소리 같은 살랑대는 바람이 아닌 뼛속 깊이 냉기가 흐르는 대나무 숲의 바람인 것이다.

바람이 바람을 친 것이다. 바람을 끌어안은 게 아니라 더 큰 바람이 작은 바람을 치며, 지독하게 찬 기운이 대나무 숲을 에워싸고 화자를 냉장고 안처럼 마음을 꽁꽁 얼려놓은 상태를 말해주고 있다. 화자는 지금 그리움의 한기寒氣에 몹시 지쳐있어 자닝한(애처롭고 불쌍한) 상태라고 할 수 있다.

그럼에도 불구하고 시인은 이미 마음을 가다듬고 '마음 챙김'을 하고 있는 상태다. 자아의 심상을 작품으로 정리하고 있다는 것은 곧 바람 앞에서도 정신을 잃어버리는 것이 아닌, 본정신本精神을 챙기며 애면글면하지 않고 진중하게 삶의 목표를 향해 잘 나아가고 있다는 것이다.

작고 단단한 것에서부터 확실하게 챙겨나간다면 크고 묵직한 것에 이를 수 있으며 이런저런 세파에도 쉽게 흔들리지 않음을 우리는 익히 알고 있고, 그런 것을 최원호 시인은 누구보다도 잘 알고 있다.

바람이라는 것은 어차피 어느 한 곳에 정처定處를 두고 머물지 않는다. '휘몰아치는 바람에 휘어져도 / 나무들은 꼿꼿'한 것처럼 시인의 마음은 다만 '바람이 스치니 / 그대가 몹시 그리운' 것일 뿐이다. 잠시 상념에 젖어 시간여행을 다녀온 것이고 다시 '마음 챙김'을 한 것이다.

시간의 상처에 시난고난했을 터이면 지금 현재의 최원호 시인은 어쩌면 존재하지 않았을 수도 있다. 그저 보고 싶은 얼굴들을 다시 한번 만나보고 싶었을 뿐이다. 정처를 정하지 않은 바람은 그저 구름 따라 흘러가게 내버려 두고 '정갈하고 / 울림이 깊은 목소리로' 부르는 노래를 들으며 화자도 함께 즐기면 되는 것이다. 자연과 함께 어울리며 부르는 합창이야말로 지구상에서 가장 아름다운 하모니harmony라고 할 수 있다.

머릿속에서 낡은 시간의 기억들이 삐걱대며 다시 떠오르더라도 그건 어디까지나 붉은 물을 뚝뚝 흘리는 녹슨 못과 같은 것이니, 버릴 것은 버리고 저쪽의 섬과 이쪽에 있는 나와의 거리와 경계를 분명하게 정하고 살아가는 것. 그것이야말로 최원호 시인이 말하고자 하는 핵심이며 전달하는 메시지라고 할 수 있다.

스치는 바람에서 그리운 그대는 이제 가볍게 마음 정리를 할 수 있는 대상이며 언제든 다시 살짝 상념에 젖어볼 수도 있음이다. 붉게 물든 석양이 줄산 따라 이어진 묏봉 너머로 떨어지면 또 추억의 한 페이지가 넘어갈 뿐이다.

"

기다려본 사람은 안다
작고 낡은 어선魚船이
수평선 넘어 그물을 던져놓고
그 위로
펄쩍 뛰는 물고기 떼를 기다리는
어부의 심정도 그러하다
길을 걷다
건너편 신호등 눈알이
붉게 충혈되어
깜박이는 짧은 시간 역시 기다려야 하고
술잔을 기울이다
마주 앉은 그녀의 눈물에 난감해도
한 시간쯤은 말없이 기다려야 한다
밤새 내린 눈이

녹아서
들판에 풀꽃이 만발할 그때까지
우리는 기나긴 겨울 또한
하염없이 기다려야 한다
기도를 하는 부모의 마음
만선을 꿈꾸는 어부의 마음
씨앗을 뿌리고 열매를 바라는 농부의 마음
모두가
기다림으로 시작된다

— 〈기다림〉 전문

최원호 시인의 작품 속에서 본 '기다림'의 대상은 과거의 잊혀진 그녀를 물색없이 애면글면 그리워하는 것이 아닌, 중년 남성이면 누구나 한 번쯤 지독한 센티멘털sentimental에 빠져 허기진 상태에서 상상의 누군가를 떠올리며, 치명적인 팜므파탈femme fatale에 빠져보고 싶은 욕망의 그리운 대상이라고 할 수 있다.

'술잔을 기울이다 / 마주 앉은 그녀의 눈물에 난감해도 / 한 시간쯤은 말없이 기다려야 한다' 여기서도 그녀는 가수 '펄 시스터즈'의 '커피 한잔을 시켜놓고 / 그대 올 때를 기다려 봐도'처럼 상상 속의 그녀일 뿐 혹시라도 가족이나 주변인들이 중년의 바람기로 오해할 필요는 없을 듯싶은 가볍고 즐거운 상상으로 보인다.

간혹 문학을 제대로 이해하지 못하는 독자 중 문인들

이 쓴 작품 내용을 현실과 착각하여 지독한 오해를 하는 경우가 있다. 작가들도 삶의 진정성 있는 작품도 쓰겠지만 때론 상상 속의 대상을 그리워하며 관념적인 연애도 해보고 싶을 때도 있다. 그런 작품을 대할 땐 연예인들의 대중가요처럼 즐기는 마음으로 감상할 필요가 있다.

문예 비평가 월터 페이트가 주창하고 그 제자였던 오스카 와일더가 유행시킨 '예술을 위한 예술Art for the sake of art'을 새삼 다시 기억해 볼 필요가 있다. 그것은 현대 사회를 휩쓴 풍조였는데 예술은 예술로서 받아들이고 이해해야 넉넉함과 풍요로움을 느낄 수가 있다는 것이다.

실제로 예술가들은 인생 자체를 예술로 보았으며 한 생애를 멋지게 살다 가는 풍미風味와 풍류風流를 안다고 할 수 있다. 여기서 최원호 시인도 인생의 즐거운 맛을 제대로 안다고 할 수 있으며, 발칙하고 엉뚱한 상상의 나래를 이용하여 현실을 잠시 벗어나 레크레이션recreation처럼 꿀맛 같은 휴식을 취하고 있음을 알 수 있다.

'기다림'의 순간은 갖가지 기대와 상상으로 즐거울 수도 있고 긴장될 수도 있다. 작품 속에서 '기다려 본 사람은 안다'처럼 그 기다림의 시간이 길어지면 은근히 불안하기도 하고 짜증과 불쾌감이 솟아날 수도 있다. 매 순간 따뜻한 봄 햇살일 수도 짙은 안개와 어둠일 수도 있다. 시인의 말처럼 '밤새 내린 눈이 / 녹아서 / 들판에 풀꽃이 만발할 그때까지' 즐거운 상상을 한다면 그리움과 기다림의 시간이 그렇게 길거나 지루하지 않을 것이다.

'기도를 하는 부모의 마음 / 만선을 꿈꾸는 어부의 마음 / 씨앗을 뿌리고 열매를 바라는 농부의 마음'처럼 건

강한 마음이라면 이제 곧 다가올 봄의 새싹과 따뜻한 햇살, 새로운 소식 그 모든 것이 희망希望이라고 할 수 있다. 최원호 시인은 작품에서 선순환을 통해 막연한 기다림 대신 긍정적인 기대치를 높여 부정적인 생각보다 긍정적인 생각으로 상승효과를 올려주고 있다. 부정적인 생각으로 해석하거나 마이너스 기대치를 올리면 하강효과가 발생하게 된다.

살다 보면 되는 일도 없고 안 되는 일도 없겠지만, 되는 쪽으로 강한 긍정의 기대치를 높인다면 그 근접한 만큼의 효과는 나오게 돼 있다. 같은 일이라도 비관보다는 낙관적으로 생각한다면 공포와 불안감보다 마음이 편하고 실제로 긍정의 효과가 나오는 통계치가 많이 있다.

'펄쩍 뛰는 물고기 떼를 기다리는 / 어부의 심정'으로 기다린다면 이제 곧 고래가 나타나지 않을까 기대가 된다. 고래가 나타나지 않더라도 대방어나 고등어 떼, 대구 떼는 나타나 만선의 깃발을 날릴 수도 있을 것이다. 엄청난 어획고가 기대된다. 왜냐하면, 너무 오랫동안 준비 작업을 해왔고 긴 시간의 기다림에도 지쳐 노그라지지 않고 봄의 햇살과 만선의 어획고를 준비해왔기 때문이다. 최원호 시인의 작품 속에서 이미 충분한 준비의 시간이 엿보인다. 이제 낚싯줄을 던지고 그물을 투망할 때가 온 것 같다.

"

검은 하늘에 떠 있는
둥근달은

백열전구처럼 빛나네
밤새 잠 못 이뤄 뒤척이다
무작정 찾은 샛강은
바람도, 낮에 놀던 새들도 잠이 들어 고요한데
허리춤에 매달린
달빛은 눈 부시구나
강물에 띄운
그리움은
다시는 돌아오지 못할 곳으로 떠났다
돌아서면
남이 된다는데
흔들리는 물결처럼
그대 향한
연민마저 흔들리는구나!

— 〈늦은 밤, 샛강을 거닐다〉 전문

또다시 그리움이다. '검은 하늘에 떠 있는 / 둥근달은' 어둠 속에 떠 있기 때문에 유난히 더 빛나는 것이다. 무더운 여름이 있기에 시원한 가을 날씨가 더 생기를 북돋워 주는 것처럼 백열전구조차도 칠흑 같은 어둠이 있기에 밝게 빛나는 것이다.

'밤새 잠 못 이뤄 뒤척'이는 것도 '강물에 띄운 / 그리움'으로 인해 번민이 새록새록 솟아나기 때문이다. 시인의 말처럼 그리움은 그리움으로 떠나보내야 아쉬움이 남지 않는다. 그럼에도 불구하고 자꾸만 '그대 향한/연민마저 흔들리는' 것은, 그리움의 앙금이 남아 문득문득 자아를 흔들며 유혹하기 때문에 그 시간 속으로 들어가고 싶은 욕망이라고 할 수 있다.

어떤 대상이나 상황의 기억을 떠올릴 때 당시의 기분이나 특정 장소에 가면 기억회상이 잘 될 때가 있다. 내부 심리와 생리에 따라 기억이 잘 떠오른다는 '장 의존효과 field dependent effect'에 따라 일상 중 마음이 흔들릴 때가 간혹 있다.

작품 속에서 시인은 뒤척이다. 늦은 밤에 샛강을 거닐다 보니 싱숭생숭한 마음이 정리되는 게 아니라, 오히려 시간 속 추억의 일들만 새록새록 떠오르니 '흔들리는 물결처럼' 기분도 너울이 생겨 더 흔들리는 것이다. 어쩌면 시인의 잠자리가 그렇게 편안하지 않는 곳에서 생활하다 보면 그런 일들이 더욱 많이 생길 수도 있다.

남극에 파견된 연구원과 군인이 잠수함을 타고 오랜 시간 해저에서 생활하거나, 좁은 하숙방을 함께 쓰는 사람들은 심리적으로 격해지는 '고립효과 isolated effect'를 경험하게 된다. 비좁은 방에서 뒤척이다 보면 숨이 막히고 가슴이 답답한 증세로 인해 바깥으로 뛰쳐나가고 싶은 욕구가 많아진다.

'검은 하늘에 떠 있는 / 둥근달'을 찾아 '무작정 찾은 샛강'에서 화자는 답답함을 해소하기를 원하지만, 동일한 상황과 비슷한 장소를 거닐던 그리움의 대상이 자꾸만 떠올라 마음의 갈등만 더해지는 상황이다. '다시는 돌아오지 못할 곳으로 떠난' 그대를 향한 '연민마저 흔들리는' 것은 이제 회상에서 그만 벗어나고 싶다는 마음의 표현이다.

기억을 그만 떠올리고 싶다면 '장 의존효과'에서 벗어나야만 한다. 그 대상이 자꾸만 떠오른다면 전혀 낯선 새로운 환경에서 다른 생활을 하다 보면 적응하는 동안 그 기억에서 벗어날 수 있게 된다. 좋은 기억이라면 잊어버리고 싶지 않을 것이지만, 괴로운 일은 지워버리고 싶어도 자꾸만 떠오르며 자아를 괴롭히는 일들이 다반사로 있을 수 있다.

인격을 퍼스낼리티personality라고 하는데 라틴어로 '페르소나persona'에서 나온 말로 극장용 가면을 뜻한다. 성격은 '캐릭터character'라고 하며 흔히 영화에서 나오는 등장인물을 가리킨다.

작품 속에서 최원호 시인은 이제 자기동일성 즉 존재의 본질인 자기다운 정체성identity을 찾아가는 중이다. 누구나 가치가 있고 남에게 뒤떨어지지 않는다고 생각하는 감정을 '자존감self esteem'이라고 한다. 자존감이 높은 사람은 난처한 일에 처했을 때 노력으로 극복하지만, 자존감이 낮은 사람은 쉽게 좌절하거나 포기하게 된다.

여기서 시인은 자아를 괴롭히는 과거 회상에서 벗어나길 강렬하게 요구하고 있기에, 이제 전혀 새로운 캐릭터로 분장하여 '페르소나'를 쓰고 생활할 필요가 있어야 할 것으로 보인다. 시인도 그것을 원하고 있지만 과감하게 실천하지 못해 잠 못 이루며 뒤척이다 과거의 기억만 자꾸 되살아나는 샛강으로 발길을 돌리고 있는 것이다. 이제 그 발길을 전혀 다른 곳으로 돌릴 필요가 있기에 흔들리는 연민을 더 세차게 흔들어야만 제자리로 돌아올 수 있다.

> 걷기가 싫어 무작정 버스를 탔다
> 어디로 가든 상관없다
> 먼 길을 덜컹거리며
> 가로수 길에 온전히 몸을 눕혀보고 싶었다
> 허공을 나는 새. 그리고
> 물속을 건너는 낡은 돛단배가
> 잔잔한 바람을 맞으며 가듯
> 버스는 쉼 없다
> 낡고 오래된 구두가 낄낄거린다
> 나무뿌리들처럼 얽히고설킨
> 세상은
> 누구를 기다리는 걸까
> 한참을 달리던 버스가
> 파도치는 바닷가를 가로질러
> 두려움 없이 붕붕거리며 달린다.
>
> — 〈버스〉 전문

시인은 일상에서 터덜거리는 발걸음을 별생각 없이 터덜거리는 버스에 옮겨 몸을 싣고 가는 중이다. 작품 속의 시인은 그저 오늘만큼은 아무 생각 없이 멍청하게 차창 밖을 보며 멍 때리기를 하고 싶은 날이다. 심신이 지친 가운데 그저 휴식을 취하며 버스 속에서 꾸벅거리며 잠들고 싶은 날이다.

처음에는 관심이 없던 상대라도 여러 번 만나거나 대

화를 나누다 보면 차츰 호감을 가지게 된다. 단순접촉의 원리 또는 '단순접촉효과simple contact effect'라고도 한다. '낡고 오래된 구두가 낄낄거린다'라는 것도 결국 그 버스에 올라탄 승객들 모두의 마음일 수 있다. 친구와 구두는 오래된 것일수록 좋다는 말도 있듯이 낡은 구두는 묵은 지를 떠올리게 해준다.

일상에서 승용차를 이용하여 생활하던 사람들도 늘 자주 보던 '버스'라는 대중교통 수단을 보면서 생활하다 보면 그렇게 낯설지가 않다. 과거에 자주 이용하던 교통 수단이기 때문이다. 아무 생각 없을 땐 그저 홀가분하게 대중버스나 시외버스, 열차를 타고 낯선 곳까지 '멍 때리기'를 하다 돌아오면 아주 편안하고 긴 휴식을 취한 효과를 얻을 수 있다.

'가로수 길에 온전히 몸을 눕혀보고 싶었'던 '허공을 나는 새'는 결국 화자 자신의 마음을 온전히 드러낸 시적 표현이다. 그만큼 이 작품을 쓸 당시의 화자는 많이 지쳐있는 번 아웃burn out의 상태였던 것으로 보인다.

집단의 구성원은 대부분 자신과 가까이에 있는 사람들이다. 사람은 누구나 가까이에 있는 사람과 친해지고 싶은 경향이 있는데 그것은 '근접요인proximate factor'때문이다. '물속을 건너는 낡은 돛단배가 / 잔잔한 바람을 맞으며 가듯 / 버스는 쉼 없다'라는 것도 버스에 올라탄 지금의 심리상태가 편안하고 쾌적하다는 의미일 수 있다.

'낡고 오래된 구두가 낄낄거린다'라는 것도 그 낡은 구두처럼 헤진 것 같은 늙다리 중년의 화자 자신이나 그 구두나 일체감을 느끼며 오랜만에 한번 편안한 마음으로 웃어보는 것이다. 그리고 그 주변 버스 승객들의 옷차림도 그렇게 화려하지 않으며 일상의 이웃들이기 때문에 그 갖가지 신발, 구두들이 전혀 어색하지 않고 실로 오랜만에 편안한 마음이 드는 것이다.

'한참을 달리던 버스가 / 파도치는 바닷가를 가로질러 / 두려움 없이 붕붕거리며 달린다' 여기서 그 모든 궁금증은 한 번에 다 해소가 돼 버린다. 결국, 시인은 아무런 생각 없이 하루를 비운 채 훌쩍 버스에 올라타 가까운 바닷가로 향한 것이다. 그러니 '낡고 오래된 구두가 낄낄'거릴 수밖에 없었을 것이다. 아주 기분 좋은 하루였기 때문이다.

버스에 올라타기 전까진 중년 늙다리의 우울한 센티멘털 상태였지만 '멍 때리기'를 하며 도착한 곳은 그 기분을 한방에 쳐낼 수 있는 시원한 바닷가였던 것이다. 그 앞에서 '나무뿌리들처럼 얽히고설킨 / 세상' 고민은 아무런 문제가 될 수 없었던 것이다.

'버스가 두려움 없이 붕붕거리며 달린다'는 것은 바닷가에 도착하기도 전에 화자는 이미 심신에 에너지가 솟고 엔도르핀이 돌며 기분이 저만치 고조되어 있음을 나타내고 있다. 버스가 두려움 없다는 것은 화자 자신의 마음이 이미 두려움 없이 자신감이 차 간다는 뜻이기도 하다.

세상사 힘들고 지칠 땐 여행만큼 좋은 생활의 활력이나 에너지 충전소가 따로 없다. 버스는 이제 최원호 시인과 일심동체가 되어 두려움 없이 강력한 엔진 소리를 내며 힘차게 달려가고 있는 중이다. 중장비나 항공기 엔진의 굉음 소리도 힘차게 내보면 어떨까 싶기도 하다.

> 비가 내리는 신어산에
>
> 그녀가 산다
>
> 어느 해 초가을, 한없이 햇살 곱던 그녀를 만나기 위해
>
> 깔딱 고개를 넘어서자
>
> 모든 것은 산속에 있었다
>
> 빗물은 연초록 나뭇잎 사이로
>
> 푸드덕 거리다
>
> 흐린 하늘에 걸려있다
>
> 한 번도 만나지 못했던
>
> 그녀를
>
> 오늘은 만나야 한다
>
> 새까만 눈동자에 빗물이 고였으리라
>
> 누군가와 맺은 인연이
>
> 까끌거린다면
>
> 산속에 사는 그녀를 보러 간다
>
> ― 〈산머루〉 전문

보헤미안의 커피 한잔과 랩소디에 이어진 라틴 음악은 강렬하고 치명적인 팜므파탈 같은 레드와인을 끌어당긴다. 저 어쩔 수 없는 아찔한 산머루의 붉은 유혹과 스치는 산들바람에 몸을 맡기면 어느새 바람 따라 파도가 실려 와 출렁인다. 사랑에 목숨 걸어본 적 있는지 궁금한 저 붉은 빛깔의 산머루 그녀가 사는 '비 내리는 신어산'으로 시인은 '한 번도 만나지 못했던 / 그녀를 / 오늘

은 만나야 한다'며 헐떡이며 가쁜 숨을 몰아쉰 채 '산으로 그녀를 보러 간다'

세상의 시작과 끝 알파와 오메가는 붉기만 하다. 어제 본 그 일출은 오늘 아침에도 붉기만 하고 어제 사라진 석양도 한 바퀴 돌아 여전히 붉기만 하다. 불타는 석양과 같이 매번 돌아오는 신어산도 붉기만 하다. 어제와 그제 마신 산머루 와인도 붉기만 하고 밤을 밝히던 홍등과 연인이나 부부의 침실 조명도 붉기만 하다.

신어산 산머루를 찾아가는 최원호 시인은 그녀를 의인화하여 그리움의 대상으로 정하고 날마다 찾고 싶어 헤매고 있는 중이다. 한 번도 만나지 못했으니 그 안타까움과 그리움은 얼마나 절절하겠는가. '깔딱 고개를 넘어서자 / 모든 것은 산속에 있었다'라며 말했지만, 결국 그녀를 만나지 못한 채 또 다른 산행을 준비해야 했을 화자는 그래도 결코 포기할 수 없어 또다시 산행한다고 했다. 그 마음이 얼마나 붉게 불타올랐으면 산머루를 '그녀'로 표현했을까.

석양에서 일출까지 밤을 밝히는 실비식당의 불타는 안주도 붉기만 하고 그녀의 양념 묻은 입술도 붉기만 하다. 소주와 레드와인에 나누는 전설 같은 야릇한 이바구는 더 붉기만 하다. 최원호 시인은 은근히 붉은 밤을 그리워하며 오늘도 신어산으로 발걸음을 옮기며 그녀를 만나러 간다. 기필코 오늘은 만나야 한다며 땀을 흘리는 화자는 한없이 햇살 곱던 그녀를 만나러 가는 것일까. 계절과 관계없이 산머루를 찾으러 온 산을 헤매는 것일까. 그것의 진실은 까끌거림의 인연을 피하는 최원호 시인만이 알 수 있는 것이다.

붉은 밤 붉은 집에는 별나고 까다로운 손님이 들락거리지만, 산으로 들락거리는 최원호 시인은 그 붉은 마음이 순수하기만 하다. 온 산을 염탐하는 화자는 단순히 붉은 산머루만 찾아 헤매는 것일까. 그곳엔 여전히 바람만 불고 산새들만 지저귈 뿐 아무것도 변한 것이 없다.

무성한 큰 숲을 지나
좁고 굽은 그 길은 멀고 험했다
돌아가는 방향을 잃고
허공을 오르내리던
회색빛 갈매기 떼가 벼랑 끝을 향한다
깎아지른 절벽 위로
뿌리를 내리는 나무는 쓰러지지 않는다
그물에 걸린
물고기처럼 살아간다고 하여도
설령
비바람에
몸뚱어리조차 가눌 수 없다 하여도
벼랑 끝은
끝이 아니라
다시 시작되는 곳
시작과 끝이 공존하는 땅이다
묵묵히 꽃을 피우고
새는 폭풍을 견디며

알을 품고 살아간다
모두가 절망하는 그 끝이
어쩌면
다시 걸어갈 새로운 시작점이 된다

— 〈벼랑 끝〉 전문

"

　삶의 방황 끝에 막다른 종착역에 도달한 순간 우리는 또 다른 선택의 기로에 서게 된다. 포기할 것인가 우회할 것인가 고민의 순간 더 멀리 더 넓은 가슴으로 최원호 시인은 화두를 제시하고 있다. '백척간두진일보百尺竿頭進一步 백자나 되는 높은 장대 위에서 또 한 걸음 더 나아간다는 뜻으로 이미 할 수 있는 일을 다 한 것인데 또 한 걸음 나아간다는 의미다.

　'깎아지른 절벽 위로 / 뿌리를 내리는 나무는 쓰러지지 않는다' 못나면 못난 대로 아름답고 잘나면 잘난 대로 멋스러운. 천년의 바람 속에 태고의 모습으로 어제 그자리 오늘 그대로 굳세게 지키고 있는 뿌리 깊은 소나무는 구불구불 휘어질지언정 부러지진 않는다.

　세월이 흐르면 잘 생긴 나무는 산을 떠나고 못생긴 나무가 산을 지키듯 사람도 그와 같다. 흔한 소나무도 더러 굽이굽이 휘어지고 옹골진 나무가 오래가듯, 삶의 방황 끝에 서도 마지막이 아니라 조금만 여유를 두고 보면 아직도 먼 길임을 알 수가 있다.

　최원호 시인도 '벼랑 끝은 / 끝이 아니라/다시 시작되는 곳/시작과 끝이 공존하는 땅이다'라며 막차를 놓치면 첫차를 기다리는 여유와 '백척간두진일보'의 마음을 드러내고 '어쩌면 / 다시 걸어갈 새로운 시작점이 된다'며 한숨 돌리고 있다.

삶의 벼랑 끝이라도 조금만 발걸음을 옮기면 지친 피로감은 명주실 바람결에 참꽃 속으로 사라지고 솔바람 거문고 소리가 들리게 돼 있다. 물론 '말이야 쉽지 그게 그렇게 쉬운가' 하고 반감과 부정적인 생각을 하는 사람들도 있겠지만, 조금만 생각해보면 그런 삶의 여유는 그렇게 멀리 있지 않음을 알 수가 있다.

물이 물을 끌어당기고 안개가 안개를 품어주듯 상처가 상처를 껴안으면 피가 되고 살이 되어 하나가 된다. 모든 것은 인간의 욕구와 욕망의 그릇이 너무 크다 보면 채우거나 이룰 수 없는 고통이 더 커지게 돼 있다. 오욕칠정 五慾七情의 번뇌를 서릿발 같은 칼날로 끊은 소나무는 짙은 향기를 내게 돼 있다. 인간의 욕구와 욕망도 마찬가지이다. 최원호 시인의 벼랑 끝은 막장 끝이 아닌 '다시 시작'의 의미이며 첫차를 기다리는 희망의 설렘이다.

동토의 계절 겨울이 지나면 새봄이 오지만 그 봄엔 언제나 불청객이 찾아온다. 세상을 온통 지독하게 가리며 봄을 시샘하는 황사가 그것이다. 그러나 그것조차 '이것 또한 지나가리라'라며 잠시 인고忍苦의 시간을 보내면 언제 그랬냐는 듯 온통 세상이 투명한 유리창처럼 맑아지게 된다. 줄 끊어진 연을 이별이라 생각지 말고 새로운 시작과 자유로 생각한다면 삶이 그렇게 표류하는 배처럼 막막하지는 않을 것이다.

> 구부러진 일상의 파편들
> 쏟아지는 거리의 모퉁이
> 푸른 옷 두르고
> 충혈된 눈으로 부스럭거릴 뿐
> 거친 땅에서 마른 벽으로
> 서로서로 만나
> 뒤엉키다 다시 갈라서서
> 기어오르는 담쟁이를 본다
> 이렇게 처절할 수 있을까
> 서로서로 부딪치는
> 내가 사는 세상과 너무 닮아있다
> 더 높은 곳을 위해
> 날카로운 발톱을 숨기고
> 서로 밟으며
> 살아가는 우리의 모습 같은
> 담쟁이덩굴
> 푸른 생선 비늘처럼
> 비릿할지라도
> 침묵하는 이유가 여기에 있다
> 난
>
> ── 〈담쟁이덩굴을 보며〉 전문

　세상은 부드러운 직선을 요구하지만, 현실은 여전히
이전투구의 전쟁터에서 사람들은 아귀다툼을 하며 살아

가고 있다. 그래서 불가佛家에서는 대중들이 살아가는 사바세계娑婆世界를 지옥도地獄道로 표현하고 있다.

담쟁이가 상징하는 의미는 크게 두 가지로 표현한다. 하나는 무수히 많은 갈등을 의미하고 또 하나는 힘 있는 생명력이다. 갈등葛藤: conflict은 '칡과 등나무'로 양자가 서로 얽힌 상태를 말하며 서로 잦은 부딪침으로 인해 발생하는 열熱에 비유하기도 한다.

칡과 등나무가 서로 감아 올라가며 얽힌 갈등은 뒤엉킨 실타래를 풀어주어야 과열過熱되지 않게 된다. '구부러진 일상의 파편들'과 '충혈된 눈으로' 서로를 할퀴고 밟으면서 살아가는 현실의 모습에 시인은 환멸과 진저리를 치며 애써 고개를 돌리고 침묵하며 살고 있다.

생명이 탄생할 때 축생畜生으로 태어나지 않고 인간人間으로 세상에 나온 것만 해도 하늘과 땅의 축복이라고 할 수 있다. 하지만 인간들은 그 축복을 외면한 채 인간들이 만든 잔인한 로마의 콜로세움colosseum원형경기장에서 살벌한 노예검투사로 내몰려 사생결단死生決斷하며 생존경쟁을 할 수밖에 없는 기막힌 현실에서 살아가고 있다.

하늘과 땅의 축복 속에서 행복한 삶을 추구하며 살아가야 할 인간들은 그들이 스스로 만든 '저주의 굴레'에서 벗어나지 못하고, 계속 죽고 죽이는 살벌한 게임을 할 수밖에 없는 참혹한 현실에 최원호 시인은 아연실색하며 삶의 현장을 기록하고 있다. 화자가 침묵하는 이유도 짓눌리는 슬픔을 가누기도 어렵지만 달리 해법을 찾아내지 못한 더 큰 안타까움이 깊은 장탄식을 내뱉게 하기 때문이다.

'쏟아지는 거리의 모퉁이 / 푸른 옷 두르고 / 충혈된 눈으로 부스럭거릴 뿐' 겨울의 거리처럼 차디찬 바닥과 거리의 남루함 속에서, 화자는 그 갈등의 대열에서 벗어나 잠시라도 정신적 안정과 평화를 갈망하고 있는 것이다. '푸른 생선 비늘마냥 비릿'한 역겨움을 참고 아침을 맞이하더라도, 또다시 맞이하는 아침은 해소 기침 쿨럭이는 잃어버린 하루가 될 수밖에 없는 현실에서, 화자는 외면하고 침묵할 수밖에 없는 것이다.

비린 생선 냄새가 코를 찌르더라도 우리는 또다시 시간을 거슬러 리턴 매치return match를 할 수밖에 없다. 빛의 속도로 되돌아가 우리는 우리가 만든 갈등의 원인을 스스로 찾아 해결하고 풀어내야만 하는 과제를 안고 있다. 인간들이 만든 지독한 갈등의 현장을 외면한 채 또 다른 갈등을 조성하며 살아간다면, 세상은 점점 '칡과 등나무'의 갈등으로 푸른 숲은 황폐해지고 숨 쉴 공간조차 사라져버리게 되고 만다.

바윗돌에서도 꽃을 보면 꽃이 핀다고 했다. 절인 배추와 무에 해산물을 넣고 끓인 장국인 '게국지'처럼 시원하게 해결할 수 있는 해법은 어디 있을까. 그것은 과열을 피하는 것이다. 최원호 시인이 그 이전투구의 현장에서 잠시 벗어나 침묵하는 이유도 그것이다.

그 갈등의 전쟁터에 화자마저 참전하여 함께 얽히고 설킨다면 실타래는 더 엉망진창이 되고 말 것이기 때문이다. 그럴 땐 침묵하면서 조용히 갈등 양상을 지켜보며 해법을 찾아가야만 한다. 갈등을 킬링killing할 수 있는 건 결국 침묵이다.

칡과 등나무는 서로 이격시켜 멀리 떼 놓아야 또다시

달라붙고 뒤엉켜 '진흙탕 개싸움'을 하지 않게 된다. 제각각 개체個體들은 어떤 현실에도 좌절하지 않고 포기도 없이 힘 있게 생명력을 유지시키며, 담벼락을 타고 올라가 기어이 담 위에 올라서거나 담을 넘어가고야 만다. 그래서 담쟁이라고 하는 것이다. 여기에서 담벼락은 장벽의 의미가 된다.

사람들이 살아가는 세상에서 장벽은 인공 담벼락이 아닌 사람들 자체가 장벽으로 느껴질 때가 많다. 그것이 바로 불편한 진실이고 우리는 불편하더라도 그 진실을 외면하지 않아야 한다. 여기서 최원호 시인은 힘차게 뻗어 올라갈 부드러운 직선의 담쟁이를 위해 침묵하며 갈등을 킬링해내고 있다. 갈등이 과열되면 결국 혼탁해지게 마련이다. 여기서 해법은 그 혼탁에서 벗어나며 해탈교解脫橋를 건너는 것이다.

"

어느 詩人이 그랬다
詩가 뭐냐꼬~ 긴 세월 모진 풍파
다 견디며 살아온 우리가 바로 詩다
세련되고 고급스러움과 거리가 멀어도
공자님 맹자님 몰라도
짐승과 사람 구분하고, 봄 햇살, 봄비 가득 머금어
태양의 심장을 도려낸 거름으로 자라서
초가을 칼바람도 견뎌낸
알배기 배추를
묵혀내고 지그시 눌러 만든 묵은지

정이 그리운 사람들은 안다
따뜻한 밥에
쭉 찢은 묵은지 하나 걸쳐 먹으면
그게 행복이란 걸~ 묵은지는
그래서 詩다
詩가 묵은지다.

— 〈묵은지〉 전문

'묵은지'의 반대말은 '싱건지'다. 싱건지는 '국물김치'를 말하는데 또 다른 김치로는 배추겉절이를 묵은지의 반대 개념으로 말할 때도 있다. 오랫동안 해묵어 군둥내가 굼 실굼실 나고 삶거나 찌개에 넣으면 아주 감칠맛이 나는 게 묵은지가 제대로 된 상태다. 배추겉절이가 제대로 푹 익어야 묵은지가 된다. 가끔 묵은지와 겉절이를 동일개 념으로 이해하는 경우가 있는데 시간의 차이를 잘못 알 고 있기 때문이다.

최원호 시인의 작품 〈묵은지〉는 인생의 묵은지 즉 잘 숙성된 인간이 가진 철학을 의미한다. '긴 세월 모진 풍파' 다 잘 견디며 살아온 우리'는 산전수전공중전山戰水戰空中戰을 다 치루며 백전노장百戰老將이 된 상태에서 세상사를 지긋 하고 은근한 눈길로 볼 수 있을 때를 말하는 것이다.

'태양의 심장을 도려낸 거름으로 자라서 / 초가을 칼 바람도 견뎌낸 / 알배기 배추'일 땐 사람이나 배추나 풋 풋하고 파릇하게 살아서 아삭거리고 통통 튀게 돼 있다.

하지만 '묵혀내고 지그시 눌러 만든 묵은지'가 되면 세상사에 초연해지고 어지간한 일에는 눈도 깜박이지 않고 담담해지게 된다.

물이 물을 끌어당기고 안개가 안개를 집어삼키듯 바람도 바람을 타고 함께 흘러가게 돼 있다. 사람의 정이 그리운 사람들은 싱건지나 배추겉절이보다는 쿰쿰한 냄새가 배어나는 묵은지와 뭉근한 된장국을 좋아하게 되는 게 한국인의 오래된 정서다. 그래서 최원호 시인의 말처럼 '묵은지는 / 그래서 詩다' 다시 말하면 詩는 오래되고 묵을수록 맛이 좋다는 뜻이다. 배추겉절이 같은 갓 담은 김치는 톡톡 튀고 아삭한 맛은 있겠지만 은근한 감칠맛은 없게 마련이다.

사람도 세련되고 멋있는 게 좋긴 하지만 어쩐지 접근하기가 부담스러운 면이 있다. 반면에 수더분하거나 텁텁하면 쉽게 접근하거나 말을 한 번 더 걸어볼 수도 있게 된다. 고급 레스토랑이나 백화점에서 고객을 맞이하는 직원들의 차림새에서 세련되거나 고급스러움을 느낄수는 있으나, 어쩐지 부담스러운 반면 재래시장에서 장사하는 상인들에겐 접근하기가 그렇게 부담스럽지 않은 것과 비슷할 수 있다. 그래서 묵은지는 모든 음식과 궁합이 잘 맞다.

묵은지는 사람들과도 찰떡궁합이다. 뭉근한 것이 착착 달라붙고 딱딱 맞아떨어진다는 것이다. 밭에서 갓 뽑은 열무나 갓도 맵고 알싸하지만, 잘 버무린 양념에 푹익혀두면 정말 맛있는 김치로 태어나는 것과 마찬가지로, 우리네 인생살이도 그와 같은 것이다. '묵은지는 /

그래서 詩다' 제대로 익어야 맛이다.

"

꽃처럼 살아가는데
넓은 꽃밭이 필요한 건 아니다
그저
한 송이 꽃이면 충분하다

우리들 마음 역시
붉은 노을처럼
아름답게 물들이는데
많은 시간 필요치 않다

천천히 물들어 가는 그 짧은 시간,

눈이 붉어지고
가슴이 따뜻해져서
말도 많고 눈물 많았던 시절에
느끼지 못했던 감정을
추스르는 시간이면 충분하다

오늘
지는 저녁노을이
붉은 장미보다 더 빛날 때
함께할 시간이면 충분하다.

　　우리네 일상에서 '필요한 시간'은 그렇게 많이 소요되지 않고 의외로 순간 찰나의 시간이면 충분한 것이 많다. 그것을 요즘 말로 '쫄깃한 시간' 또는 '맛있는 시간'이라고도 표현한다.

　　사물을 볼 때 눈에 띄는 부분은 쉽게 드러나지만, 그렇지 않은 부분은 배경 역할만 하게 된다. 머피의 법칙 Murphy's law처럼 앞뒤 사건의 인과관계를 착각하는 오류를 발생시켜 억지춘향식의 인과관계를 만들 필요도 없다.

　　힐링healing에서는 빠름을 이기는 느림의 미학에서 삶의 지혜가 나온다. 씨줄과 날줄을 촘촘히 엮거나 석축을 만들 때도 견고하게 쌓아야 튼튼하고 오래가듯 하듯 삶도 천천히 여유 있게 가야 할 것이다.

　　어쩌면 최원호 시인이 말하는 '필요한 시간'도 바쁜 일상 중에서 숨 쉴 공간과 눈 마주칠 여유만 있으면, 우리가 소통할 수 있는 시간은 그렇게 많이 필요 없다는 역설의 의미로 사용되고 있다.

　　꽃처럼 살아가는데도 한 송이 꽃이면 충분하고, 우리들 마음도 붉은 노을처럼 아름답게 물들이는데 많은 시간이 필요치 않다며, 시인은 여유를 가질 것을 말해주고 있다. 우리에게 필요한 시간은 천천히 가는 달팽이의 시간인 느림의 미학이다.

　　우리는 저녁노을에서도 새벽 일출을 볼 수가 있고 반대로 일출에서도 노을을 볼 수가 있다. 자전과 공전을 통해 지구는 돌고 있기에 그것을 보거나 느끼는 건 찰나의 시간이면 된다. 필요한 건 영원 같은 달팽이의 시간이면 충분한 것이다.

해변 카페나 횟집 한 곁에서 시원한 물회 한 그릇을 놓고 앉은 사내의 얼굴에도 노을이 지고 맞은편에서 석양을 바라보는 얼굴에도 노을이 진다. 석쇠 위에서 타는 돼지갈비나 곱창, 닭발처럼 맛있게 활활 불타는 저녁이다.

"

철없던 어린 시절,
동생과 나는
당신을 참 미워했었다

이층집과 단층집이 시장 난장처럼
다닥다닥 즐비한 곳, 그곳 중간쯤
제법 큰 은행나무가 서 있었다

바쁘게 살아가는 사람에겐
별 볼일 없는 그냥 그런 은행나무 한 그루

술을 마시고 들어온 날이면
당신은 늘 울부짖었다

동생과 나는 도망치듯
은행나무 뒤에 앉아 울었고
나무는 한 번도 흔들리지 않았지만

흐릿하게 보이던 하늘은 흔들리고 있었다

한동안 소식이 없던 아버지는
노란 은행잎이 눈처럼 날리던 날 돌아왔다
그것이 마지막 모습이었다

달과 별이 기다리는 곳으로
당신은 몸을 던졌다

아직도 가끔, 그런
당신이 그리울 때가 있다

꼬부라진 세월 속에
휘어지고 꺾여버린 당신의 눈물
지금도 난 생생하다.

— 〈아버지의 눈물〉 전문

''

'아버지의 눈물'은 세월이 흐른 뒤 아들인 '최원호 시인의 눈물'로 바뀌게 된다. 이 땅의 아버지들 대부분이 그러했듯이 지독한 가난에서 벗어나기 위해 사투를 벌이며, 절망을 딛고 희망의 자락을 부여잡기 위해 몸부림친 세월이었다.

정인환 시인의 〈아버지의 삽날〉처럼 최원호 시인의 〈아버지의 눈물〉도 그 궤를 함께하는 이 땅의 일반적인 아버지들 삶이었다. 그 곁엔 우리네 삶의 울 주변으로 노란 은행알과 잎을 내는 은행나무가 자리를 지키고 있었고, 아버지의 입에서 나오는 술 냄새와 한숨, 소처럼 우우 울던 울음소리도 있었다.

1연 '꼬부라진 세월 속에 / 휘어지고 꺾여버린 당신의 눈물'은 6연에서 '노란 은행잎'처럼 잠시 돌아왔다가 영영 돌아올 수 없는 곳으로 몸을 던지고 말았다.

전통적인 한국의 아버지상은 대부분 인자함과는 거리가 먼 가부장적인 모습들이 많았던 게 사실이다. 그러나 엄한 아버지들의 모습은 대부분 소처럼 우직하고 성실했던 것도 사실이다. 하고 싶은 일과 하고 싶었던 말도 참 많았겠지만, 침묵과 인고의 세월 속에서 가장의 책임을 다하려고 버티던 거목巨木의 모습들이었다.

이 작품 속에서는 시인과 어린 동생에겐 때때로 술과 함께 울부짖던 아버지의 모습이 지독하게 싫었고 미웠을 모습도 엿보인다. 어쩌면 그것 또한 이 땅의 아버지들의 절규와 한숨이 아니었을까.

먼 산과 가까운 언덕에서 풍겨오는 구수한 짚과 풀 향기는 아버지의 등에서 나던 땀 냄새였다. 어느덧 최원호 시인과 함께 동질류가 된 많은 독자들도 먼 산에 묻혀계신 당신이 그리워진다.

[나가며]

유기물질인 기름과 자연 생성물인 물이 이질적으로

흩어질 수밖에 없다면 인간관계는 콘크리트에 비유될 수 있다. 알맞은 비율로 배합된 자갈과 모래, 물과 시멘트는 서로 조화가 되어 시간이 지나면 단단히 굳어져 하나로 형성될 수 있다.

그건 어디까지나 눈속임이 없는 신뢰감이 전제돼야 가능한 일이기도 하다. 인간관계도 믿음이 깨진다면 두 번 다시 회복이 어려운 것은 일상에서 다반사로 경험한 사람들이 많을 것이다. 공동체의 신뢰감 문제도 그와 크게 다르지 않을 것이다.

여기서 콘크리트와 인간관계의 다른 문제는 '시간의 문'을 통해서 충분히 만회되고 해결 가능한 방법을 찾아가야 한다. 사람과 사람 사이의 문제는 심각한 오해에서 갈등이 발생했을 수도 있기 때문에 먼저 '마음의 문'을 열어야 실마리를 풀 수 있게 된다.

그 문을 열 수 있는 열쇠는 한쪽이 아닌 양쪽 모두에게 다 가지고 있기 때문에 동시에 열어야지, 어느 한쪽이 일방적으로 노력한다고 문제해결이 가능한 것은 아니다. 갈등이란 얽히고설킨 것이기 때문에 풀어내는 것도 양쪽이 공동으로 노력해야 하는 것이다.

쌍방이 아닌 한쪽만 노력하고 다른 한쪽은 열쇠를 움켜쥐고 열지 않는다면 해결이 불가능하게 된다. 흔히 말하는 '희망의 문'도 우선순위에서 '마음의 문'부터 열어야지 가능하게 된다. 그 모든 것은 결국 '시간의 문'의 범주에 포함되는 것이다.

화가들의 작업은 꿈꾸는 상상 속의 자연을 화폭에 옮기는 것이다. 최원호 시인도 마찬가지로 대자연의 아름다움과 펼쳐지는 모습들을 세심하게 관찰해내 그것들을 언어로 표현해내었다.

화가나 시인들이 그려낸 사물의 크기와 원근감에 따라 자신감의 표출과 의기소침의 정도를 알 수 있다. 적극성의 차이일 수도 있겠지만 어쩌면 최원호 시인이 지니고 있는 소양과 그 특유의 섬세함일 수 있다. 시인의 휴머니즘humanism: 人本主義은 자연주의와 인간애에 있고 이 시집의 작품 전체에서 풍기는 이미지는 맑은 순수함과 그리움, 즐거운 상상이라고 할 수 있다.

시인은 오랜 세월 동안 생산한 시편 하나하나를 지극 정성으로 만들었기에, 그리움을 어루만지며 손질할 수 있는 경지에 도달해 있으며 지금 현재에서 과거와의 화해를 청하고 있다. 그가 지나간 발자국 위엔 푸른 풀들이 자라 넓은 초원을 이루고 있다.

이제 그는 '시간의 문'을 통해 과제와 화두를 제시하지만 다른 한편으로 생에 대한 애착과 긍정으로 삶의 진정성에 대해 넉넉한 여유를 볼 수 있다. 그의 작품 속에서 잘 익은 장탄식 하품과 안도의 한숨 소리를 들을 수 있다.

바람이 스치면 그대가 그립다

최원호 시집

초 판 인 쇄	|	2022년 2월 25일
발 행 일 자	|	2022년 2월 30일
지 은 이	|	최원호
펴 낸 이	|	김연주
펴 낸 곳	|	도서출판 성연
등 록	|	(등록 제2021-000008호)경남 창원
홈 페 이 지	|	https://cafe.daum.net/seongyeon2021
인 쇄	|	주) 상지사(파주공단: 재두루미길160)
디 자 인	|	배선영
편 집 인	|	성화룡
속표지사진	|	조윤희
디카시사진	|	최은주
메 일	|	baekim2003@daum.net
전 자 팩 스	|	0504-208-0573
연 락 처	|	010-3325-5758
정 가	|	12,000원
		ISBN 979-11-973709-5-3

이 도서의 출판예정도서목록(CIP:979-11-973709-5-3(13800)은 국립중앙도서관 서지정보유통지원시스템 홈페이지(http://seoji.nl.go.kr/)와 자료목록시스템(http://www.nl.go.kr/kolisnet)에서 이용할 수 있습니다.